KB218734

강방영 시선집

황금알 시인선 299

강방영 시선집

초판발행일 | 2024년 10월 31일

지은이 | 강방영
펴낸곳 | 도서출판 황금알
펴낸이 | 金永馥
주간 | 김영탁
편집실장 | 조경숙
표지디자인 | 칼라박스
주소 | 03088 서울시 종로구 이화장2길 29-3, 104호(동숭동)
전화 | 02)2275-9171
팩스 | 02)2275-9172
이메일 | tibet21@hanmail.net
홈페이지 | http://goldegg21.com
출판등록 | 2003년 03월 26일(제300-2003-230호)

*이 책 내용의 전부 또는 일부를 재사용하려면 반드시 저작권자와 황금알
  양측의 서면 동의를 받아야 합니다.
*잘못된 책은 바꾸어 드립니다.
*저자와 협의하여 인지를 붙이지 않습니다.
*이 책은 제주특별자치도와 제주문화예술재단의 2024년 제주문화예술재단
  지원사업 후원을 받아 발간되었습니다.

강방영 시선집

황금알

시에게

지금 떠나는 것은
가을이지 네가 아니야
계절이 간다고 네가 가겠어

우리를 잊는 것은 세상이지
네가 나를 잊겠어,
내가 너를 잊겠어,

보고 싶다는 말 없어도
구름으로 와서 비로 내리고
아침 해로 떠서 노을로 지며

함께 늘 너
곁에서 숨 쉬고 있으니

삶은 얼마나 많은 이별로 이루어지는가
사랑으로 울면서

얼마나 많은 글을 쓰면 알게 되는지
다 담지 못하는 세상을

이별이 지나가고
사랑이 또 꽃피는 자리에 서서
다시 오는 계절을
새로 탄생하는 풍광과 생명을 바라보고

때로는 혼을 충만하게 채우는 행복감이
삼라만상을 찬란하게 비추다가
사라지면서 고향처럼 기억 속에서 숨을 쉰다

다가오는 어둠은
언제나 대기하고 있는
심연을 잊지 말라고 하는데

언제든 입을 벌리고 있는 심연
그 가장자리에서

독백처럼 편지처럼
자신을 다독거리는 위로처럼 쓰는 글들
누군가 읽을 때 그 삶의 표현일 수도 있었으면

열권의 시집을 다시 살피며 여기 뽑은 팔십여 편은
옆에 머무는 정 많은 친구 같아서
그들 얼굴을 찬찬히 들여다본다

2024년 여름
강방영

차 례

2부 달빛 푸른 그 곳

3부 내 어둠의 바다

4부 숲을 지나며

1부

이승도 잘 모르고 저승은 더욱 모르나

말없이

말없이
나의 꿈속을 같이 거닐어

고요로써
나를 다듬어 주는 그대
산 같은 마음

푸른 산 디디고

푸른 산 디디고 하늘로 일어서서
지긋이 활을 들고 굽어보며
내 마음의 현을 켜는 이

풀 사이로 부는 바람
다가오는 그대의 노래
온 들을 휘감는 그대의 음악

당신의 시선

파아랗게 어둠이 와 잠기는 하늘
일찍 뜬 별 하나처럼
불 밝히고 하늘을 건너는 비행기

당신은 지금 어느 언덕을 오르나
가파른 비탈을 내려서 가나

몇 광년을 아물거리며
우주를 헤엄쳐 온 별빛
그보다 더 먼 당신의 시선

은빛 목소리

노을도 삭아 어두워지는 하늘로
망망한 바다에서 솟구쳐 오르는
작은 새를 보았습니다.
끝없는 하늘로 날아오르는
당신의 은빛 노래를 보았습니다.

이승도 잘 모르고

이승도 잘 모르고
저승은 더욱 모르나
한 가지 내가 아는 것
어디에서나 당신
기다리며 있으리라는 것
걸음 더딘 나를
나무라는 일도 없이

두 사람

서로에게 노래할 때 두 사람은
허무를 함께 지워가는 새
푸른 하늘을 기쁨으로 나는
힘찬 새 둘

그러나 끝내 엇갈리는 두 대의 마차
날개 달린 시간이 몰아가면서
무엇보다도 서로를 다는 담지 못하여

순식간에 심장을 찌른 후
사라지고 마는 섬광

혼자

1.
당신 안에 금강석같이 단단한 것
명징한 정신이랄까
그러나 딱 그것만은 아닐 수도
나를 아프게 하는 것이
당신 세포 하나하나에 배어든 슬픔
그들이 다시 내어 보내는
다정함이랄까.

2.
수 세기 동안 당신은
내 영혼을 품어주던 바람

아득한 시간을 그 푸르름 속에서
안아 흔들며 나를 빚어낸 바다

3.
어둠이 남아있는 새벽
밤사이 고인 생각을 나누는

새들의 엷은 지저귐

일순간 당신은
내 감은 눈 속 어둠이 되고
내 귓속 소리가 된다
멀리, 너무도 먼 곳에 있는 당신이

봉숭아

틈내어 찾아오라고
마당에 봉숭아 꽃잎 찧어서
비 오는 날 툇마루에 앉아
꽃물들이던 누이들처럼
손톱에 감아 주겠노라고

꽃 같은 그 말에
마음에 꽃물이 번지고
툇마루에서 빗방울 바라보는 두 목숨
빗소리와 함께 고운 숨을 쉬는 풍경

세상을 불러 세우던 목소리

돌연히 바람결에 날아온 목소리
모든 것을 잃어버린 듯 쓸쓸하던 날
온 세상을 다시 돌려주는 목소리
무성한 초여름 수목들 술렁이는 한낮
아는 사람 하나 없는 도시에서
바람에 실려 온 그 목소리

고향의 방언으로 외치던 유년의 벗인가
꿈속 마을에서 들려오는 듯
세상을 불러 세우던 그 목소리
지나간 것들이 몰려와
사방을 에워싸던 그 한순간

어떤 말

하지 못하는 어떤 말은
그 뿌리가 눈물에 닿아있어
말이 되려는 바로 그 순간
깊이 갈앉아 버리고

그 말을 간직하고 지키려면
가볍게 일상 이야기나
보이는 꽃들을 말해야 한다

그냥 걸어가면서
나무와 구름 떠 있는 하늘처럼
아름다운 봄날처럼 그 말을 놔둬야 한다

작별의 시간 같은 말
끝내 묻어 두어 가슴 속에서
바람으로 맴돌며 나올 수 없는
물에 어린 나무 그림자 같은 그 말

팽나무

눈물과 한숨으로 비는 소원을
팽나무는 모두 받아서
구불거리는 가지로 더듬어 하늘로 보낸다
나무에 매달리는 암호 같은 주문들
뜨거운 여름 흔적도 없어지고
가을바람 차가워지면 드디어
잎이 다 진 나무에 첫눈이 날리면서
허옇게 색 바랜 주문들은 터져나가
하늘 바람을 타고
그중 몇은 새봄에 피어날 꽃씨처럼
온 천지를 날며 내릴 땅을 찾는다

당신 찾아 나는 내 사랑도 그렇다

하늘 들판에 나무

아침 해 비치는 하늘 들판에 나서면
소담한 나무 한 그루 서 있어

구름 위로 자라나는 그 나무를 찾아내면
마중 나가는 마음들 잎사귀로 만나겠지

손을 잡아 봐

우리 손을 잡으면
그것은 단순하면서도 복잡한 일
전해오는 따스함은 단지 체온만이 아니야
피부로 스며들어서 함께 오는 그 어떤 것들
두 손 사이에 새로운 영역을 만들면서 독립하여
보이지 않는 곳에 새로운 나라를 세우고
없던 세상이 생겨나서 새로운 언어가 발생하고
도시들 번성하면서 벌어지는 활발한 교역
신제품이 만들어지고 새로운 동식물이 자라나서
신기한 세상을 채우며 오가지 않나

무슨 뜻인지 모르겠다면
손 내밀어 봐
손을 잡아 보면 알아

제주민요의 변주 1
— 나막신

딸깍 딸깍 딱딱한 신발 굽 소리
동네를 떠나 저편으로 다리를 건너가는 발소리
누구의 사랑이 이 밤을 밟으며 가는가
소리 내지 못하는 마음을 딸깍 딸깍 울리며
여기에 저기에 부딪히다가
거부당하는 삶에 그만 돌아서서 가는가

제주민요의 변주 2
― 그리움

이것은 약이 없는 병
오뉴월 병들어 누워
자물쇠 잠그고 방 안에
스스로 갇혀서 마르는 병

염천 하늘 아래 묶인 소
타는 목마름으로 빙빙 돌며
줄어들고 늘어나는 제 그림자 따라
종일 원을 그리듯

붉은 여우*의 온실

유리로 지은 거대한 집에 여름을 가두는 붉은 여우
무더운 공기 우거진 밀림에 건장한 나무들
두터운 초록 잎 완강하게 땅을 파고드는 뿌리들
푸른 도마뱀 같이 기어가며 사방으로 뻗는 덩굴
하늘로 솟은 나무줄기에는 노랗게 꽃가루 뿌리는
구슬 같은 붉은 열매들

붉은 여우 알알이 그 열매를 물어 와
입에 넣어주는 순간 터지는 빛의 화살
온몸을 꿰뚫는 그 맛에
하늘과 땅이 열리면서 길이 보이고
환희와 고통 생명들의 외침소리 들리고

* 예쁜 처녀로 변신한 여우가 서당에 다니는 학동을 홀려서 고운 구슬을 입
에 넣어주고 도로 받으며 학동의 기를 빼앗는데 서당 훈장의 충고를 따른
학동이 그 구슬을 삼킨다. 그러자 여우는 가버리고 학동은 사람을 먼저
보았기 때문에 훗날 유명한 의사가 되었다는 이야기는 제주에도 있다. 스
스로를 드러내어 신비한 능력을 행사하는 붉은 여우를 상상해 본다.

배웅

먼저 돌아서서 가라며 미소 짓는 얼굴
입술과 눈에 어리는 정다움은
얼핏 겹쳐지는 어머니의 자애로움
평생 쌓이는 작별의 서글픔
일시에 모여들어 다시 또 묵직하게
덩어리로 다가오고

붙들어 둘 수 없는 빛
어김없이 오는 어둠
돌아서면 언제나 낯선 길
혼자 맞이하며 가야 하는
작별과 배웅의 삶이여

반딧불이

자라는 것 오직 그 일념의 애벌레
드디어 날개를 펼쳐
저녁 어둠을 빛의 방울로 난다

일 년을 기다려 꽃봉오리 올리는 꽃처럼
하루하루 이어서 이뤄지는 계절
어둠 속으로 사라지는 우리 짧은 이야기도
잠시 반짝이는 저 작은 별인 것을

서귀포항구에서

새연교* 걸었다
해는 지고 세찬 바람 가끔 비를 뿌리는데
서쪽 멀리 아스라한 산방산과 군산
서귀포항은 불빛으로 환하고
회색 바다에 등불 밝힌 고기잡이배들
해변에 하얗게 퍼지는 파도의 포말

젖은 새연교를 건너가서 다시 건너오니
옛일과 지금, 그리고 새로 오는 날들이
모두 바람 속에 어둠과 여명으로 함께하여
바뀌는 조명에 날리는 바람에
다 들어와 있어서
저 빗물처럼 모두 다가오며 곁에 있는 듯

* 새연교는 서귀포항과 그 남쪽에 무인도 새섬을 잇는 다리이다. 길이 169
  m, 폭 4~7m의 사장교로 2009년 준공되었으며 제주전통 배인 테우 모
  양으로 만든 다리.

춤을 따라서

아이아이아이아이 끝없이 흐르는 음악
실개천 같은 그 물살에 유연해진 몸
손가락 끝에서 나비들 날아오르고

음악에 집중된 마음은 간절하여
바람 타는 푸른 보리 초록 물결
제 자리에 있어도 거기에 없다

시간이 찍는 박자에 눈이 내리고 빗방울 구르고
음악을 밟아서 가는 세상은
여기가 아닌 저기도 아닌 함박눈 고요 속

일상 대신 번갈아 오고 가는 계절
꽃이 날리는 길에 빠르게 뜨고 지는 해
아이아이아이아이 춤이 되어서 멀리
물결로 흘러서 돌아오지 않는 사람들

머리맡 지키는 바람의 망

세상 모두 잠든 캄캄한 밤
건물을 스치며 불어오는 바람.
어둠을 엮는 바람의 손이
머리맡에 걸어 놓는 체

잠 속 길은 낯선 도시로 가고
복잡한 대로 지나 산과 계곡 벼랑과 폭포
끝없이 이어지다가 그 어디에서 길을 잃고
괴이한 짐승들과 함께 거센 물살에
마구 휩쓸려 떠내려갈 때

윙윙 일어나 달려오는 바람
꿈의 길에 닫혔던 문들을 일시에 열고
무거운 잠의 벽을 깨고 들어와
붙들어서 집으로 데려온다
돌아오지 않고 헤매다가
영영 그 길에 빠지지 않도록

2부

달빛 푸른 그곳

입속에서 가만히

입속에서 가만히
어머니하고 부르면
화악 펼쳐지는
이른 아침 맑은 하늘
햇살을 받아 빛나는
눈부신 바다

다시 눈감고
어머니하고 되뇌면
여름 바람 서걱이는
푸른 수수밭
지평을 달리는
잎사귀의 물결

산촌

눈을 들면 어디에서나 울창한 나무
그 가지 사이로 드러나는 하늘

석유등잔이 밝히는 밤
노르스름하게 물드는 흰 종이
빛과 어둠이 섞여
점 하나 잘못은 보이지도 않고

창호지를 통과하면 햇살도 여려져
화악 드러내어 잘잘못 가리는
예리한 섬광은 어디에도 없던 동네

그늘에는 몽롱한 꿈이 졸고
포근하게 숨 쉬는 나무들 아래에서
아이들은 영원을 살았다.

아득한 그 산길

태어난 지 보름 지나 몽실몽실 아장아장
눈 뜨고 걷는 어린 강아지
이제는 한 달이니 충분하다
산 너머 바다 마을 강씨 아저씨 집에
갖다 주라는 아버지 말씀

강아지 바구니를 등에 진 아이
산길을 간다
여름 해에 달아오른 낮
강아지야 바람 들이고 가자
큰 나무 그늘에 쉬는 아이

앞에는 건너갈 내 그 너머에는
돌 틈 사이 노랗게 작은 들꽃 반짝이는 오솔길

가다 보면 길옆에 작은 샘이 솟고
나뭇가지에 발 붉은 지네가 몸을 걸어 쉬며
작은 새들도 잠시 지저귐을 멈추는 한낮

아이는 걸어간다 강아지를 등에 업고
혼자서도 포근히 저기 그 길에 즐겁게 가고 있다
저만의 노래로 꼬불꼬불 길을 따라서

집으로 가는 길

1

바람과 놀고 있는 시골 아이돌
머리카락 살랑일 때마다
부서지는 오후의 햇살

진분홍 분꽃을 따 꽃술 당겨
씨방으로 귀걸이 하고
부모님 계신 집으로 가는 길

공기마저 살쪄 있구나
가슴 가득 맛있어라
맛있어라

전나무 사이길
아직도 풍성한 여름의 노래

눈을 뜨고 걸어가다가
눈을 감고 걸어가다가

2

밤의 숲에 안겨 어둠은
잠이 들고
깜박깜박 하늘에서
시간을 재는 푸른 별들

아가들의 꿈길 지켜
두어 번 낮게 짖는 검둥개
불빛 새는 마당에는 감꽃 깨어
홀로 귀 기울이고

심해처럼 갈앉은 밤
먼 사막에서 일어나
파리하게 불어오는 바람처럼
마을의 한 꺼풀 소리 없이 무너뜨리며
내리는 밤의 가루

잠든 이의 이마에 눈썹에

검은 재와도 같이 사뿐히
내려앉는다

3

바람을 재우며 내리는 가랑비
수북이 동백꽃 떨어져
노랗게 꿀물 씻기는 마당
다시 한번 담장은
푸르게 이끼를 입고

지나는 자리마다
고사리 새순을 세우는 안개
산으로 꿈속에서도
산으로 달리는 아이들

아이들과 함께 물결치는 산
아이들과 함께 소리 내어 웃는 산

골짜기를 오르며
빛나는 꼭대기를 휘어 감으며
매달리는 아이들
돌굽이에 나뭇등걸에
울리는 메아리

시간의 활시위를 떠나 솟구치는
빛의 화살들
아이들은 춤춘다
아이들은 노래한다.

병상에 누워 계신 어머니

당신은 멀리 병상에 누워 계시고,
가까이 지키지 못하는 나는
대신 산길을 오갑니다.
새로 물오른 낙엽수,
그 틈 틈에 가려졌던 산벚꽃나무들이
지금 화안하게 꽃을 피우고 서 있습니다.
언제나 젊은 당신 웃음처럼.
저 하늘에 서려 있는 빛은
어머니 마음이며
들에 깔린 잔디에 내리는 햇살,
빗종거리는 산새들 날갯짓에도
당신이 계십니다
어떤 고통에도 메이지 않던
그 자유로운 마음으로
이 봄날 일어서시어
푸른 생명을 품어 기르고 있는
어머니를 꼭 닮은
이 들을 굽어보시어요.

우주와 아이

찰랑찰랑 어둠의 바다
일렁이는 반달에
기대어 누운 너

심장 박동 따라 파닥이며
고개를 젓고 손발을 흔들며
너의 노래에 너는 취해 있다

어느 날 어떻게
내게 왔지 너는?

밤이슬에 퍼져나가는
치자 내음에 끌려서
장미꽃 타는 빛에 호기심 일어

아니면 칸나 눈 부신 빛에
접시꽃 달리아 피는 아침
어지럼증에 걸린 내가 너를 끌어서?

서홍리 새길

1.

아직 남은 박명 노랗게 넘치며
하늘은 강이 되고
어두워 검게 갈앉는 전나무 숲

전신탑 철선 너덧 줄은
하현달이 오르며
가느다랗게 고요의 음악을 탄다

같이 걷는 아이 보드라운 어린 손
돌 깔린 길옆
이슬에 고개 내미는 들꽃 송이를 세며
빨리빨리 너는 앞이 보고 싶구나!

언덕과 들 너머 새로 뽑아 다져지는 길
잠겨 가는 우리 둘의 그림자
멀리 아득히 떠나고
물속처럼 고요한 이 시간

아늑하게 감싸 오는 여름밤의 서늘함

2.

새로운 이 길 뻗어 나간 어디에선가
너 문득 멈추어 설 때
노랗게 빛나는 저 하늘의 강으로
녹아들었던 고운 이 시간 다시 떠오르고

지금 흐르는 정다움은
새로운 노래로 네 가슴에 번져
그때 광활한 벌판 앞에 홀로 너 서 있어도
풍요로움으로 너는 가득해 있기를.

너의 노래

햇살 속에 푸른 풀밭
꽃 피는 나무

스스로에게 노래 불러 들려주는
너의 작은 목소리

차오르면서 노래는 여린 물살을 이루고
작은 물고기처럼 그 속에 반짝이는 명랑함

눈물 모르는 너의 노래
숲을 지나 들을 건너
홀로 부르며 가는 노래

그 용기는 이 가슴에 사무치고
무정한 어른의 한순간
눈물로 흐려 주는구나

작은 네가

작은 네가 통통통 달려와
퇴근 늦은 나의 손을 잡아
이끌어 간 마루 끝
가리키는 하늘
구름 지나간 뒤편에는
빛나는 반달이 헤엄치고 있었다
정답게 작은 별도 함께 데리고

아버지!

1.
이제는 작별을 고할 시간
물러갔던 바다가 일렁이며 되돌아오고
해안선을 가득히 채우는 어둠

짙은 외로움으로 몸을 두르신 채
언짢음으로 하루가 머물던 방
약과 그 몸에 놓던 수액 모두 거두고
아버지가 붙들려던 빛도 다 스러져

숲도 바람도 새소리도
뛰어노는 아이들의 웃음소리도
찾아 들지 못하는
우주 가운데 고립된 존재

아무도 같이 갈 수 없는
어둠의 미로가 기다린다

2.

예전에는 하늘 같은 외로움 세상을 채우고
자꾸 나아가도 외로움만 만나는 세상이었습니다

그러나 새들은 무한한 허공만 날지 않고
나뭇가지 사이 잎들의 틈사이로
작은 길을 열면서 가는 것을 봅니다

실핏줄처럼 연결되어 있는
아버지의 길을 느끼면서
외로움으로 홍수가 난 도시에서도
밀물처럼 와서 덮는 사랑을 봅니다

떨어지는 법 따라 보내는 것을
더 나갈 수 없는 길에서 멈추며 배웁니다

어느 날의 내 딸

여린 그 손가락들 끝마다 가을 햇살
나비처럼 내려앉고

날개를 접고 펴며
그 손끝에서 노는 바람

머리 위 미지의 하늘은 높고 먼데
교통 번잡한 길 도심을 울리는 소리들

막연한 꿈처럼 창문 너머로 귀 기울이며
어스름 새벽을 기다리는 듯 문턱에 서 있는 너!

내 집에 잠시 머무는
요정 세계에서 온 소녀

아버지의 품안

우수수 들려오는 나무들의 말소리
해묵은 그늘에 서걱거리는 아버지 말씀
온 마을을 안은 아버지의 품안
마주 보며 다가오는 군산 봉우리

우리 형제들 자라던 낭랑한 날들이
푸른 하늘에서 바람 타며 노래하고
아버지 그림자 둥둥 구름으로 떠올라
들어서면 반기는 옛 동네

해바라기

바다 건너 언니가 부쳐 온
해바라기 씨

봄내 싹 나고 대 올라
마디마디 피어난 꽃

한 치 꽃대 자라면 한 송이 더 달린다고
마당에서 아버지는 금빛 꽃송이를 세셨다

구름이 뜨고 바람이 일고
흰 빨래가 날리는 해바라기의 하늘

황금의 시간 기울어 달빛도 빠져나가는 밤
잎 시들고 대 말라

산이 멀리 가고 가을이 멀리 가고
해바라기도 하늘을 이고 멀리 갔지만

언니의 하늘 아버지의 하늘에서

해바라기는 꽃핀다

시간의 바퀴자국 속에
금빛으로 해바라기는 피어난다.

달빛 푸른 그곳

1.

지금은 끊어진 길
건너지 못하는 저편에
젊어 과부 된 할머니
다시 과부 된 딸
대처로 나가며 거두지 못한
딸의 딸 아이 데리고 세월을 산다
뜰에 떡 맨드라미 키우며
집 뒤 대밭에 우수수 떨어지는
상수리 열매 헤아리며
조 보리밥을 짓고
호박 된장국 끓이는 연기
외로움을 끌고 돌아다니는 아이

그 초가지붕은
우람한 나무들이 둘러싸서 덮고
서걱 서걱 계절 따라 오는 바람을 거르며
지금도 빙그르 도는 시간을 지킨다

2.

창곳내 창곳내 내들이 모여드는 창고천
고냉이소, 닥밧소, 진소, 앞내, 양재소,
깊었다가 낮아지고 다시 깊어
미끌미끌 끌어당기는 물이끼 낀 돌바닥
딸만 딸만 낳던 집 귀한 아들
사학년 된 문필이는 닥밧소가 데려가고,
가시덤불 겨울 벌판을 하얗게 센 머리로
밤새 헤매이는 동수 할머니는
양재소 냇머리 물귀신이 끌어서
시퍼런 냇물로 떨어지고,
어두운 바위 그늘에 천년 잉어 숨겨 놓은 앞내는
건너 산으로 가는 길을 끊다가 잇고
동백나무 늘어서 햇살 번득이는 잎사귀들
해지는 하늘에 마른 억새 걸리면
호미 날처럼 하늘에서 떠는 상현달

겡이 겡이 냇겡이 아이들 드리운 짚대 물고

물로 올라오는 검은 겡이 털이 난 집게발
논에 올라와 오래 살면 쥐로 변한다고 믿는 아이들
집에 가는 길에 틈낸 어른들이 잡아서 한 묶음 엮어 오
면
그날 저녁 볶아 아이들 반찬 되던
바알갛게 익어 고운 겡이*

3.

어떤 날은 나비 잡으러
때로는 찔레 새순 찾아
가시넝쿨에 달린 딸기를 따려고
앞밭 목을 지나 까마귀들 퍼덕이는
소나무밭을 돌아서 가는 뒷동산

너무 멀리 왔나 갑자기
솨아아 ―― 커지는 바람 소리
다가서는 크고 어두운 나무

그 밑 넓은 바위에는 간밤 누군가
절하러 왔던지 흰 밥이 놓여 있고
붉고 푸른 헝겊 띠들이
나무에 걸려 날리니

저편에는 물러 서 있는 상엿집
그 둘레에 번쩍이는 붉은 딸기 다발과
손대는 아이 없어 통통한 찔레 순

번쩍이는 초록빛 붉은빛으로
찌르듯 강렬한 죽음의 숨결
아무도 더 가지 않고 아이들 돌아서는
뒷동산 상엿집과 당 나무

4.

더드름, 어떤 때는 더디 오름
동네 밖 북쪽에 서 있는 둥그런 오름

고사리 안개 내려
오름에 새순 움터 나오면

작은 대바구니 허리에 차고
오름으로 달리는 아이들

안개 내리면 나온다는
도깨비 이야기는 누가 했나

도깨비 몰래 살금살금
고사리 더불어 일찍 핀 산철쭉 꺾는
아이들 손은 조심조심

누군가 미끄러지면서 와아아 ── 소리치면
엄마야 도깨비야 무서워 무서워
잃어버린 듯 까마득한 집으로 허둥지둥
비탈길 내려 달리는 아이들

안개 속 불 밝히고 계실

어머니의 부엌으로
다시 먼 길을 돌아서 오는 아이들

5.

‘무궁화꽃이 피었습니다,
무궁화꽃이 피었습니다.’
달빛 환한 밤
찌르레기 여치는 밭둑 길섶에서
저마다 노래하고
앞길에는 저녁 먹고 놀러 나온
아이들의 노래

낮에는 어른 없는 마을
집집마다 물항아리에 먼 샘물 길어다 채우고
어린 동생 업어 가 밭에 간 어머니 젖을 먹여서 오고
저녁밥 지었다가 식구들 다 먹으면
재게 손 놀려 그릇 씻어 엎어 놓고

'빨리 나와라 애들아 나와라'
덩달아 가슴 설레는 달

'깜짝 깜짝 고사리 깜짝
제주 한라산 고사리 깜짝'

'우리 집에 왜 왔니 왜 왔니
꽃을 따러 왔도다 왔도다 왔도다
무슨 꽃을 따겠니 따겠니 따겠니
경아 꽃을 따겠다 따겠다 따겠다
가위바위 보! 가위바위 보!'

바뀌는 노래 바뀌는 놀이
술래가 되다가 이기다가 지다가
땅에 두 줄 그어 다리라고
건너지 못하게 막다가 필사적으로 통과하다가

번갈아 뛰다 보면 달은 산 위에서 기울지만

달빛에 젖어 하얀 길 위에
노는 아이들
거기 푸른 달빛에
밤의 요정들 아이들이 뛰논다
노래하고 서로 부르며
그들이 흐르고 있다.

※ 겡이: 게

노래하는 목소리

전파를 타고 오는 여인의 목소리
부르는 노래가 눈길에 찍는 발자국처럼
당신을 따라간다

그날 학교에서 오는 길에서 마주친 당신
나는 그 손 붙잡고 왜 따라가지 않았을까
죽음의 이별을 피할 수도 있었을 텐데

코스모스밭에 산들바람을 노래하고
가을 달 밝은 밤을 예찬하던 당신
이제는 기억 속에서만 울리는 청아한 목소리

꿈속에서나 갈 수 있는 그 마을
아련한 세월 건너편 안개 속에
울리는 피리소리처럼 살고 있는 당신
아직도 나는 작별 인사를 하지 못했다

끊어진 길

1.

밤길
산은 어둠의 덩어리로 마주 서고
숲은 검은 선으로 퍼져
어둠 가운데 홀로 놓인 돌들

어디에 나는 있는 것입니까,
제가 켜서 가는 등 불빛은 약하고
한 굽이를 돌 때마다 바다는 누워서
어서 그만 잠들라고 손짓합니다

떠오르는 이름 하나 없이
지친 몸으로 불러봅니다 어머니
붉은 깨꽃 무더기로 피어
어머니 대문 감싸고
사철 장미 환한 뜨락에서
밤으로 새벽으로 풀벌레 소리 벗 삼아
촛불처럼 홀로 앉아 저승 옷

꽃빛 비단 바지 접고 계시는 나의 어머니

2.

가을산 당신은 노랗고 붉게
단풍 든 낙엽 위에 서 계시고

그 어깨너머에는 드문드문
잎새를 달고 있는 나무들

골짜기로 내리는 남청색 안개
검은 바위에도 서리는 겨울의 입김

산 공기에 하얗게 뿜어져 나오는
당신 말소리 곱게 붉은 볼

3.

달리는 차
아직 다 물러가지 않은 잠
반은 꿈속
밝아 오는 하늘
아직 뜨지 않은 해

산은 남빛으로 펼쳐져
끝이 없는 듯 낯설게 물러갔다 다가오고
다시 물러서고
'휘어이—'
어느 계곡에서 건너오는 소리
깨어나는 개울의 숨소리인가
서로 부르는 작은 봉우리들의 소리인가

아련히 푸른 산등성이 돌아가니
아득한 기슭에서 모닥불 지피는
웬 남정네

4.

돌아가고 다시 또 돌아가는
꿈속의 도시 그 집과 길들
만나고 다시 만나지만
시원하게 한 마디 해주지 않는
그렇다고 지워지지도 않는
비가 와도 바람이 불어도
흐려지지 않고
어두운 밤도 환한 대낮도
또렷이 드러내 주지 않는
그 얼굴

5.

녹나무는 늘 푸른 나무라지만
그 밑에는 쌓이는 낙엽
뿌리를 덮는 갈색 죽음

바람에 나무는 잎새들 흩고
낙엽은 뿌리에 떨어져서
줄기는 슬퍼하고 뿌리는 땅으로 숨는다.

6.

멀고도 추운 땅, 거기에는 바람만이
쓸쓸히 노래하고
빽빽한 가시덤불 위에
햇살도 얇고 구슬퍼
지저귀는 새 한 마리 없이
바닷소리도 없이
가끔 내리는 안개나
희미하게 숨 쉬는 곳

바위들이 영생을 되풀이하는 땅
그대가 먼저 간 곳

이미 나의 가슴 한 부분도
가 있는 곳

7.

관이 열린다
젊은 여인이 일어난다
깊은 잠을 자고 피로가 풀린 듯
상쾌하게 맑은 두 볼
비 개인 하늘에 잠기는
그녀의 상체

8.

꿈속의 그 도시에도
번잡하게 사람들이 오가고
사람들의 물결 속에는

그녀
머리카락 나풀대며 걸어가는 그녀
부르면 돌아서서 마주 보며
'나는 안 죽었어
이렇게 살아있어'

말할 듯하다가 돌아서서
걸어가는 그녀
매끄러운 머리카락 윤기만 남기고

9.

어머니 저승차사를 그날 봤어요.
낡은 체인이 돌아가는 구식 자전거 커다란 바퀴
천천히 굴리면서 포로를 앞에 세워
수많은 사람 가운데를 통과하여
머리채를 휘어잡듯
그 여인의 혼을 거머쥐고 가는

이마에 흰 반창고를 겹쳐 붙이고
바싹 깎은 머리의 추한 남자 형색을 한
도시의 대로 혼잡한 저녁 퇴근길에서
저승차사를 봤어요

나의 천 개의 혈관을 찌른 그 시선
지금 독이 되어 심장에 모여들어요

아스팔트 바닥에 철쭉꽃

아침 출근길 아스팔트 위에 떨어진 진보라 철쭉꽃이
갑자기 마주친 오래 못 본 사람인 듯
기억 속 꽃빛 안개로 퍼지며
산안개 정령들이 화르르 나와서 흩어졌다

안개 감싼 봄 한라산 기슭
초원의 풀 틈에 고개 드는 고사리들
도르르 순 말린 고사리 대를 꺾는 아이들
발자국마다 내려앉던 그 안개

아이들이 마주쳤던 꽃 덤불
안개 머금은 산철쭉에 홀려
고사리 대신 바구니에 담아오던 연보라 꽃
함께 왔던 작은 산안개
그 정령들

밤을 가르는 비행기

전등불 다발들이 덮고 있는 저 아래 대지
도시와 도시가 빛으로 이어지고
등불의 꽃밭이 찬란하다,

불 밝힌 내 아들과 딸의 창도
언니, 동생, 어머니 사는 집도
멀리 어디에서 빛나고 있을 이 밤
작은 빛을 안고 가는 나도
제 자리를 찾는 별이겠지

내 사촌들의 화순 바닷가

바닷가 이모님의 초가집
그 마당에 어린 꽃모종같이
모여 있던 내 사촌들
그들을 안아주던 파도소리
밤은 끊임없이 흔들리는 요람

낮이면 눈부신 바다
물에 허우적거리며 배우던 개헤엄
따뜻한 모래에 누워
크고 살찐 쥐라고 산방산을 가리키던 손
햇볕과 바람에 그을린 여린 손가락

지금도 산방산은 큰 쥐처럼 앉아있고
그 아래 바다와 모래밭에서
아직도 파도는 까르르
어린 사촌들의 목소리로 웃는다

멀구슬나무 꽃 피면

좋아라! 멀구슬나무에 꽃이 피면
쏴아아 ― 밀려오는 보랏빛 바람
둥둥 흰 구름 함께 떠오르는
고향 시골마을 앞 내와 소나무동산
햇볕에 얼굴 그을린 삼촌들 아주머니들
할아버지 아버지 어머니와 늘어선 나무들
앞내에 빠져 일찍 갔던 어린 친구
진소 깊은 물에 겨울밤 떨어진 흰머리 할머니
고사리 꺾다가 철쭉과 도깨비에 홀리는 안개 오름
모두 되살아나 옛 동화같이 일어나
일렁이는 꽃가지 아래로 나와 뛰며 놀고
춤추는 마음이 나아가 맞는 그 세상
영원 같던 아이의 날들

3부

내 어둠의 바다

무적 霧笛

하늘을 가리고 바다를 가리고
나무를 지우고 돌을 지우고
창문과 눈을 가리는 안개

단단히 잎을 오므리는 섬에서
오직 귀만을 열어 놓고
땅속으로 흐르는 안개의 물살

어디에선가 몇천 년 전부터
숨죽여 울고 있는 아이들
잠기어 신음하는 묻힌 뼈들의 소리

눈먼 소처럼 몸부림치는 한라산
무겁게 출렁이는 바다

울음소리는 핏빛처럼
안개를 뚫고 가지만

캄캄한 걸음에 부딪치는 어둠

어둠으로만
어둠은 열려있다.

바람

밤새 날을 갈아 바람은
풀을 쳐내고 돌을 파헤치고 나무를 뽑는다

천 개의 만개의 닫힌 바다 문을 열어
불러내는 말떼 흰 갈기 나부끼며
질주하는 요란한 발굽 소리
어두운 하늘로 풀어 놓아
발을 구르고 하늘을 찢으며
홀로 외치는 알지 못할 고함소리

산을 울리던 성난 목소리
밝은 날 아침 흰 눈으로 내려
얼리다 풀리고 풀리다 얼리며
한겨울을 엎드려 운다.

불새

오직 불을 통해서
활활 타오르는 불길에 온몸 던져
태우고 나서야 당신에게 가는 것이라면

시간의 올을 뽑아 씨실 날실 짜오던 나의 삶
불어오는 바람과 물결 아롱진 무늬로 넣으며
세월을 건져 올리던 그 전부를
일시에 나는 던지리라 불 속으로,

연기 오르고 불길 일어 내 삶이 타오르면
그 속에서 날개 치며 솟는 새 한 마리가 있어

그 불타는 날개로 화르르 하늘을 태우며
당신에게 날아가는 것이라 하면,
그것이 내가 살았던 이유라고 하면

돌하르방

깨어져라 응어리져 굳은 돌
차디찬 가슴아

핏속에 잠든 바람 수천 년 묵은 바람
일어나 흔들어라 이 가슴 터뜨려라

잿빛 하늘 아래 누워 있는 섬
묶여 있는 몸의 슬픈 죄
그만 이제 끊어버리고

바다로 시퍼렇게 날 세운 바다로 가자
바람은 일어서고 물결은 부수어라

검은 새들이 모여서 떠나간 자리
골짜기에서는 바람이 엎드려 칼을 간다
메마른 섬의 상처 위에서 칼을 간다

바다로 가자 갈기 날리며 구르는
흰 말떼를 거느리고

뱀처럼 뒤틀리는 검은 들
비늘 번득이며 외치는 숲으로

불꽃처럼 확 타올라 산산이 사그러들면
생명은 거기에서 새롭게 태어나고
찬란하게 노래한다

일어나서 가자 새로운 가슴으로
바다로 가자

푸닥거리

나와라
박박 앞발로 흙을 파헤치고
발톱으로 먹이를 찍어 내며
동굴 속을 뒹굴던
황량한 바위산의 짐승
숨어있지 말고 핏줄 속에
포효하다 쉰 목소리 어둠을 향해
웅얼거리는 미진함
무엇이냐 밖으로 내어놓아라
모닥불로 확확 태워 올려라
괭괭 징소리로 부서져라
성난 황소 두 뿔로 들이받고
날뛰면서 발굽으로 땅을 차올리듯
상처는 상처끼리
울화는 울화끼리
꽝꽝 마주 치고 마주 받아
쇳소리로 사라져라
드디어는 시원하게 터지면서
확 트인 저 하늘로 날아오르고

한 삼 년 묵혀 두었던 무기력도
한 바람에 날려라

쿵작쿵작 노래만 남도록.

천지연의 밤

서걱거리는 마른 갈대꽃, 밀집한 계곡의 상록수
잎새에 은도금하며 달빛은 푸른 음영을 깔고
바닷물 길 따라 펼쳐지는 천지연의 밤

나무들의 오솔길 갑자기 열리며
둥그런 밤하늘 둘러싸는 사방 절벽
툭툭 잘린 돌기둥 위로
미끄러져 물줄기는
부서지며 흰 가루 날리고
모여들어 둥근 하늘 채운다

날으는 물 진동하는 돌
꽃향기 섞인 밤의 대기
달빛 하늘도 모두 물속에
하나가 되고

남아있는 것은 비어서 넓어진 마음
작은 마음들 모두 끌려 들어간
저 커다란 마음뿐

내 어둠의 바다에

그대는 어둠의 바다에 떠 있는 빛의 섬
반짝이는 풀줄기 거기에서 자라고
별 떨기 같은 꽃들이 피어
바람에 깜박이며

멀리 있는 듯하다가 어둠 속이면
가까이에서 불 밝혀 손짓하는
내 어둠의 바다에 떠 있는
그대는 밝은 섬

네가 불이라면

좋아, 네가 불이라면 나는 쇠다
확확 달구어라
달굴수록 강해지고 새로워져
나 광채를 뿜으리니

네가 돌이라면 메마른 자갈돌이라면
바람 앞에 뿌리 내어
푸르게 잎을 펴는 풍란을 보아라
돌의 가슴에서도
나 향기를 찾아내리니

나의 바다에게

어둠을 깔아 기름처럼 매끄러운 바다여
너의 가슴을 열어 지친 나를 받아다오.

나도 너를 따라 밝아오는 아침 하늘을 노래하고
흰 모래밭 차르르 밀어보고
나도 너처럼 깔깔거리며 뜀박질하고
포부에 넘쳐 당당한 배를 띄우고
아기자기 고깃배도 쓰다듬고,
또 너처럼 때로는
폭풍에 머리 풀어헤치고 분노에 넘친 밤
하늘을 때리고 벌판을 휘몰아쳤었다

냉정하고 파아랗게 너처럼
고요히 시간을 용해하여 하늘을 응시했었다
그러니 너는 알겠지 내게 남은 갈망
그 누구도 닿지 않는 깊은 어둠
그 속의 휴식임을

이제 네 가슴을 열고 나를 맞아다오
그 깊고 깊은 세계로 나를 데려가 다오.

허수아비 나라

관청이 우뚝 뒤에 서 있으면 되는 거야
그냥 헛소리 헛손질 헛몸짓으로
역사는 채워지는 것이고

가련한 주제는 더욱 가련하게
거들먹거리기는 더욱 심하게 놔두어라
도와주면서

법이 모여드는 빈 법원
수사가 막히는 경찰서
세금이 울고 있는 세무서

한숨은 밤바람이 되어 숲을 휩쓸고
아픔으로 쓰라린 가슴
세차게 파도치며 해일로 밀어닥쳐도

아니 들리는 귀를 달고
아니 보이는 눈을 뜨고
한숨과 눈물 위에 솟아오르는 관청
번듯하게 버티고 서는 관청들

홍랑의 길
— 제주 의녀 홍 윤애

스스로 마음먹고 그곳으로 떠났던 여인
새가 되어도 갈 수 없는 그 길을
어떻게 몸을 버리고 갔을까

엄마 부르는 아가와 파도소리 뒤로 하고
햇살의 노래 퍼져가는 하늘
눈 아프도록 바라본 후 떠나갔나

누가 다시 그 길을 열까
밤하늘에 별들 사이로
구름들과 함께 가는 그 길을
그곳 향해 홀로 나섰던 날은
작별을 고하는 오름과 억새들
눈물 뿌리는 바람까지 넘어서 갔겠다

다른 사람들

교통사고로 첫 딸을 잃은 아버지
그래도 침착하게 조문객을 맞는다

내일의 계획과 손자들 이야기로 자랑스럽게
손님들은 오로지 자기 삶에 심취한 상황

식사 잘하시라며 일어서는 그 아버지
가슴에는 삭막하게 바람이 불겠다

그의 딸 떠나며 사위나 손자의 존재
그 모든 미래의 뿌리가 끊어진 날

불길 따라 영원히 떠나보내는 다른 세상
다른 사람들은 어버이의 기쁨을 말하는데

잃어버린 딸은 사진 속에서 저리도 곱고
홀로 받아들여야 하는 아버지의 낯선 현실

물속에 그들

수련처럼 그들이
둥둥 떠오를 때까지

처절한 고통의 음표들이
악곡으로 정리될 때까지

모든 빛이 하얗게 응축되어
까맣게 바뀌는 그 순간을 향해

물은 그들 육신을 끌어당기고
공기 대신 폐를 채우고

드디어 그들이 모두
자유로이 날 수 있게 되자

물은 그들을 데리고 갔다
아주 다른 비밀의 세계로

중환자실

1.
이제 사람 사는 세상의 끝에 다다른 이들
의사들이 잠시 줄에 매달아 놓은 참고 자료들

무의식 중 신음소리와 거칠어지는 호흡
반응하는 것은 오직 기계 화면에 움직이는 숫자들

입술을 달싹거리나 소리가 되지 않는 말
가끔 뒤틀어보아도 앙상하게 굳어 돌려지지 않는 몸

이 세상 마지막 하늘 아래 썩는 낙엽들이
다시 태어나려고 흙으로 가는 길을 찾는가

2.
여기는 꿈의 산실 깊은 잠 속
낙엽처럼 흩어진 날들이 다시 돌아오고

보이지 않는 바람을 타고 다시 오는 계절들

꿈속에 꽃을 뿌리고 눈을 날리는데

검은 동굴 속에 가두어 둔 눈물과 웃음의 메아리도
아득한 시간의 바닷가에 흩어지니

이제 그 바다로 뛰어들어야 할 때
깊이 들이마신 호흡을 멈추고 미지의 세계로
잠수할 순간이 언제일까 딱 맞는 찰나를 노리는 중

장지로 가는 길

산이 어둠을 품에 안듯
구름이 대지를 덮듯
죽음의 이별이 사람들을 찾아와서
인도해 나가는 길

이 길은 어디로 이어지나
우리가 왔던 곳에 닿는가
잠시 잊고 있는 일 있어도
언제나 옆에 우리와 함께 있는 길

소나무 사이 하늘은 푸르고
오름 자락에는 봄이 오는데
다 안다는 듯이 하얀 얼굴을 내미는
매화 꽃망울들

회색인 날

1.

슬픔으로 비는 내리고 날은 회색인데
아이는 어른이 되어 다시 아이를 데리고
어린 시절을 찾아서 왔다가 돌아가는
어미와 자식의 젖은 길
어디에 둥지를 틀었을까 저들이 집이라고 찾아
하늘 날아가는 머나먼 도시

길은 엇갈리고 마주치고 다시 흐르고
돌아서면 비 내려 흐린 하늘 냉기 젖은 땅

2.

여보세요 거기는 과거인가요?
금빛 열매를 달고 있는 비파나무
이모들의 볼은 맑은 바람에 발갛게 씻기고
외할머니 마당 멍석에는 별빛이

무더기 진 별빛이 내리는 그 옛날인가요?
거멓게 울타리로 섰다가
아침이면 빛나던 초여름의 비파나무
숨바꼭질로 언니들은 어린 나를 따돌리고
큰아이들 끼리만 달려갔던 그 들판의 바람
전리품으로 캐어오던 냉이 달래의 진한 향기
아직 거기 있지요 확실히?
그대로 두세요 제가 갈께요 틀림없이 갈께요,
여보세요 여기 좀 보세요!

3.

겨울이 지나간 들 바람에 흔들리는 묵은 억새들
굽은 허리에 아직도 날리는 찢어진 깃발

돌 틈 얇은 흙 마른 풀뿌리 사이 찔레 덤불 밑
어디든지 틈이면 찾아서 날아가는 억새 깃털 씨앗

거센 바람에 휘청휘청 휘어지면서도

계속되는 억새들의 열

4.

지평도 바다도 무너져 혼곤히 누운 밤
어둠 깊은 마당에 작은 발자국 소리
잰걸음으로 들어서서 우수수 부는 바람에
풀잎인 양 흔들리다가 다시 부지런히
걸어오지만 여전히 그 자리

부산한 하루하루 이미 새해의 새로움도 지워지고
시드는 일상에서 흐려진 마음
문 닫고 나를 닫고 쓰러져
캄캄한 잠을 청할 때
어디로부터 오는가
누가 속삭이는가
마당 저편에서 건너오려 애쓰는
은밀한 소리
"일어나 일어나야지"

억새

1.

바람을 탄다 은빛으로 부서지는 꽃술
휘어지는 줄기 온몸으로 바람을 안아
뿌리까지 날아갈 듯 바람이 되어 휘날린다

얼음 위를 지쳐 나아가는 소녀
머리카락 날려 미끄러지는 볼빛
팽그르르 돌며 작열하는 젊은 사지

물속 제 모습 붙잡아 내려는 듯
얼음을 스치고 다시 하늘에 날리는 몸
고요의 현을 타는 청아한 목소리 산을 울린다.

2.

억새들이 조용하다 흰 눈 뿌린 산
가볍게 이제 구름처럼 풀려

떠오를 자세로 시간을 재며
줄기 위에 멈춰 있다

바람은 자고 윤기로 햇살 받아 번득이던 날들은
푸르른 햇살을 줄타기하면서 사라지고
눈 녹아들어 젖는 들 흙 뼈대만 남은 마른 줄기

마지막 비상을 기다려
숨죽인 채 엎드린 시간

사라진 노래

들었나요 당신을 불렀어요

숲을 지나다 새잎들 문득 스치는 바람에
초록 향기가 내 차창을 씻어서
파도처럼 흔들려서

꽃 피고 꽃 지는 햇살 속 꽃 이파리와 함께
눈처럼 사월에 나도 날려서 가면서

옆집에서 사람은 죽어가고 죽어서 나가고
머리 아픈 징 소리
외로움으로 떨어져 구겨지는 낮과 밤

사라지는 목소리들 다시 듣지 못할 노래
일몰의 하늘로 메아리칠 때

당신을 불렀어요
온 산에 대고

4 · 3을 살았던 우리 할아버지

모든 것을 벗어버리고 달린다!
바람의 갈기를 붙들고

구름 지나서 해 지는 서쪽 황금빛 호수로
더 빨리! 바람을 재촉하며

허공을 울리는 낭랑한 웃음소리
달린다 별들의 우주로

성담 쌓으며 소통을 막던 세상
죽창으로 찌르고 찔리던 공포의 마을
불붙는 집과 들이대는 총대 잃어버린 가족

어두웠던 날들 멍들고 병든 심장
다 벗어 두고 달린다!
드디어 도달한 자유의 무한한 우주
그 무엇도 막을 수 없는 떠난 자의 자유

4·3의 총에 떠난 삼촌의 고향

떠도는 바람의 길을 밟으며
바람이 되어 돌아오는 삼촌
부모님 형제들 살던 고향집
마당과 나무 담장과 지붕으로
울타리 따라 피는 붉은 깨꽃 덤불로
새들 날아들 듯 오는 삼촌

꽃가루 날리는 아침 바람에 벗들과 걷던
지금은 끊어진 길을 다시 새길로 이으면서
바람으로 돌아오는 삼촌
바람의 날개로 온 하늘을 날면서
사라진 노래로 다시 산천을 깨우는 봄

다시 밝는 하늘과
노래하는 오름에 먼 들을 달려
산봉우리 너머로 구름에 닿아
가득히 울리는 그의 노래

검은 동굴

공포처럼 번지는 바이러스
숨죽인 날들은 검은 동굴로 숨고
몸을 감추며 세월이 묻힌다

동굴 속 어둠이 삼키는
새들의 지저귐과 먼바다 물결 소리
움찔거리며 삭아가는 뼈들

피리를 불면서 먼 하늘로 가는 바람
사냥꾼처럼 압박하는 전염병
불안에 휘몰리는 사람들은 작은 짐승들

눈밭과 가시덩굴 숲을 지나 숨을 곳을 찾아
누구에게도 말 건네지 않는
숨죽인 동굴 속 세월

누가 알았겠습니까?
― 제주 4·3 유가족 큰 고모님

제주바다에 영등이 돌아와 생명의 씨앗 뿌리면
봄이 들어 조개와 해초 물고기들이 자라고
한라산 들녘까지 그 생명이 출렁인다고
듣고 믿으며 자란 이곳 섬사람들

누가 알았겠습니까? 어떻게 알았겠습니까
영등을 죽인 외눈박이 괴물들처럼
흉포한 무리들이 바다를 넘어와서
적개심으로 마을을 불태우며
총소리로 이 섬을 울릴 줄을
삽시에 살육의 섬으로 만들 줄을

이유를 묻지 않는 그들의 총이
사람들을 치고 찌르고 쏘고 고문하여
철창에 가두어 발바닥을 깎고
산촌에 불 지르며 몰아댈 줄을

면장이었던 시아버지는 친구였던 경찰서장의 진술로
한순간 죄인 되어 끌려가서 처형되었으며

연달아 옥에 갇혔던 남편도
면회 몇 번 못 가보고 사라졌지요

무슨 일인지 모르는데 하루아침에 죄인이 되어
지은 죄가 무엇인지 형을 받아 영영 마지막이 되었는데
그 답을 모르고 그 억울함 호소할 곳도 없이
무서운 시국에 떨면서 너도나도 입을 다무니
어린 아들 둘을 친정집 마룻널 아래 감춰두고
젖먹이 딸만 등에 업고 다니며

어디 가서 묻지도 못하고 이웃에게도 말 못하고
한평생 가슴에 불을 삼키며 한 맺힌 삶을 이어갈 줄을
누가 알았겠습니까,
평생 남편 없이 세 오누이 키우며 살았는데
누구 하나 속 시원히 알려주지 않으니
왜 이렇게 되었는지 어떻게 알겠습니까

기원祈願

죽음보다 더 먼 이별을 남기고 간 사람들

그들이 떠난 고향에는 다시 새들이 날고
별처럼 푸른 들꽃들이 피어나지만

어두운 우주 무한한 허공 향해
남은 사람들은 오늘도 넋을 부르고
어둠에 흰 줄을 놓으며 길을 더듬는다

사랑이여 다시 피는 꽃처럼 젊어
결코 시들지 말고 길 잃지 말라
망각 속으로 갈앉지도 말고

새로 오는 봄이면 언제나 되돌아와
노래가 되어 별빛 아래 일렁이고
물을 흔드는 달빛처럼 우리를 깨워라

4부

숲을 지나며

숲을 지나며

언젠가는 나도
걸어 들어갈 수 있으리라
저 초록빛 속으로

나무가 나무속으로 녹아
산이 다시 산으로 들어가
드디어 이루는 드넓은 빛

하늘 가득한 웃음소리로
낭랑하게 햇살 울려 퍼지고

굉장한 편지

그래 편지 쓸 거야,
저 산과 바다를
그리고 이 바람까지 모두
한 장 종이에 담아 옮기는
그런 편지 말이야.

시인

바다의 심장에 사는 시인
심연은 그의 일부
파도로 날리는 흰 머리카락
한낮은 푸른 대양에 드리우고
영원을 만지는 손길

봄꽃과 여름 신록들은 강을 따라
시인의 바다로 가고
차례로 뒤를 잇는 가을 노란 잎들
온 바다로 숨을 쉬면서
대지를 향해 밀려오는
시

아니 늙는 노래

나 늙어도
노래는 항상 젊고

목소리 녹슬어 잠겨가도
노래의 심장은
여전히 경쾌하게 뛰면서

내가 없는 그 날에도
뛰놀던 노래의 마음은
춤추며 하늘을 날기를

노을 저녁

넓은 하늘 서쪽에 밝은 노을

노을 향하여 걸어가는 엄마와 아이

엄마 가방은 진달래꽃

아이 옷은 개나리꽃

손잡고 달랑달랑 저녁을 걸어

황금빛 가득한 노을로 들어가는

엄마와 아이

노을과 연금술

해는 오늘 계속 달려왔다
오직 이 몇 분 동안의 세상을 위해
바다로 잠기는 해, 퍼지는 황금빛
낮도 아니고 밤도 아닌 하늘
동네 낡은 집들 도금되어 금빛으로 번쩍이고
진부하던 삶은 삽시에 마법에 걸려
광대한 아름다움

작동하라 마음의 연금술이여
세상의 언어와 일 모두 쓸어내고
천상의 빛으로 어둠을 도금하며
황홀한 하늘에 오직 설렘만 남도록
초라한 원망이나 우매한 분노 사라지고
환희로 물결치면서 금빛 아름다움으로
잃어버린 것들 모두 돌아오도록

모국어 제주도 말

원시의 섬 탐라국에 꽃 피는 엉겅퀴 사람들
온 들에 모여들어 다시 퍼지고
바닷새 따라 구름 위로 날리는 생각들
뒹굴고 뛰고 헤엄치는 삶
섬의 말은 자유롭다

활화산 식은 자리에 현무암처럼
타는 오뉴월 불길을 꺼멓게 버티고
돌담 구멍으로 눈바람 횡횡 날려 보내는
강렬한 태양과 강풍의 터전
고사리 움터오는 한라산 안개에는
언제나 새로이 자라는 열망
오름을 등에 지고 샘물은 가슴에 품고
바다와 대지처럼 저승과 이승은 하나
노래로 삶을 이기던 사람들
바람을 품는 돌들 속에서 자라난 언어
닳아지는 뼛속에 피어난 제주의 말
곶자왈 아래 깊이 숨 쉬는 지하수 닮은 말
사라진 고향의 베어지는 멀구슬나무 같은 말
아득히 먼 산 정상으로 날아가는 큰 새 같은 말

그 늙은 가수

만남과 헤어짐을 노래하는 그
반복되는 작별은 낙서처럼 남고
무거운 적막을 부드러운 숨결로 녹이면서
목소리로 바람 일으켜 꽃잎 날리는 동안
그의 등에 노년의 그림자 내렸더라

바람에 불려가는 멍든 꽃잎처럼
자기를 잊지 말라는 쉰 목소리
한번 다시 꽃이 필 때만이라도
기억해 달라고 속삭이더라

강과 노인

강을 내려다보는 노인
다리 위에서 내리는 구부정한 그림자
물 위에 투영된 여름 초목들이 푸르게 주름지고
밝다가 어둡다가 올라오다가 내려가는 물
색조를 바꾸며 물결은 사라진 날들처럼 가고
즐거움 다 가고 무료함만 남아
짧은 그림자로 다리 위에 남은 노인

독거노인

"뻐꾸기가 맛있는 잡곡밥을 완성했습니다
밥을 저어 주세요. 뻐꾹— 뻐꾹—"
밥솥이 떠들고 다시 조용해지는 집안

노인은 일어나서 주걱 들고
솥 열어 뜨거운 밥을 뒤집으며
아래위에 섞고는

안마의자에 앉아 스위치를 누른다
삐걱 소리를 야옹거리는 고양이로 안으면
철커덕 철커덕 의자는 기차처럼 출발하는데

흔들리며 아득히 뻗은 철로를 달리는 노인
불에 앉힌 냄비 속 고등어
타면서 푸른 연기 오르는데
노인의 졸음은 더 먼 여행길로 간다

벚꽃 만발한 날 버스에 오른 노인

서귀포에서 한라산 넘어 제주시로 가는 버스
어느 산간 마을 정거장에서 버스에 오른 할아버지
바짝 마른 작은 몸에 반쯤 벌린 이 빠진 입
어디를 가시느냐고 묻는 운전기사에게
대답 대신 돈을 내밀어서
다시 어디 가느냐는 질문에 짧은 대답 '김녕'
이 차는 거기 가지 않는다고 해도
버스 뒤로 들어가 숨듯이 앉는 할아버지

산을 오르며 버스 운전기사는 경찰과 긴 통화
과연 산 너머 동쪽 바닷가 마을 김녕으로 가려 했는지
흐릿한 그 마음에 불쑥 떠오른 이름이 김녕이었는지
만발한 벚꽃 화창한 사월 한낮에 버스에 올라
어디로 무엇을 찾아서 할아버지는 가려 했는지
그는 버스가 어디로 데려다 주리라 여겼을까

눈부신 꽃들이 구름을 이루어
하늘로 날아오르려고 발돋움하니
할아버지도 그 꽃들을 따라 날고 싶었나

바람도 없는 거울 같은 봄날
햇살 바다에 미끄러지면서
꽃들과 함께 푸른 하늘로 들어가고 싶었나
버스는 산길을 오르며 넘어가고
할아버지는 깊은 꿈속으로 들어가고

어둠 속에 흐르는 별

진통제로 나른한 요양병원의 밤
욕창이 번지는 육신들
밤마다 점검하는 죽음의 천사들

날리는 벚꽃 따라 입원실의 날들은 부서져 가고
환희와 고통은 기억과 망각 사이 심연으로 빠지고
흐르는 꿈과 잠에서 자라는 별들

희미한 별들은 벽과 지붕 벗어나
하늘로 흐르고
외로움도 잊은 사람들
가까이 다가와 부드럽게 얼굴을 쓰다듬는 죽음
무너지는 기억들이 빛이 되어 나가는 밤
이승의 벼랑에서 누군가 또
미지의 세계로 뛰어내린다

저 영롱한 슬픔

저기 보아,
꺾어진 날개처럼 땅에 끌리는 그녀
슬픔이 부축해서 가잖아

넘실거리는 보리밭으로
아기 배추 싱그러운 텃밭을 건너
햇살 차오르는 들을 향해

떠오르는 눈빛 사라지는 얼굴들
발자국마다 찍어 놓으며
이제 지친 그녀를 슬픔이 안고 가잖아

그대의 땅

1.

내가 모르는 풀과 나무와 새
그리고 그대의 말
사냥과 전쟁과 배를 저어가는 밤을
그대는 노래하는데
부드럽게 흐르는 강 매끄럽게 펼쳐지는 어둠
드문드문 별이 빛나는 넓은 밤하늘로
그대의 노래는 나를 이끌어
핏줄 속을 흐르는 긴 시간의 강을 타고
까마득한 밤을 향해 간다

2.

동굴 속으로 들어온 강 소리 없이 벽을 따라
장대로 배를 밀며 나가면
침묵하고 응시하는 어둠 검게 움직이는 그대
팔뚝과 손 어깨와 허리

그대의 힘이 어둠과 섞여 물 위로 배와 함께 흐르고

드디어 동굴 천정에 별 떨기로 열려있는 애벌레들
숨을 죽이고 지켜보는 신비
나의 혈관에도 강이 옮겨와 흐른다
새로운 어둠으로 나아가며 흐른다

3.

머나먼 땅에 와서 만나는 장대한 꽃나무와
동물과 물고기
그들에게 되돌아 보여주는 나의 삶
솜털 같은 작은 이끼에도 붉은 구슬꽃을 달아주는
이 땅의 바람과 물과 하늘

여기 오늘 서 있는 내게도
이곳 숲의 신과 비와 바람의 신
그리고 이 땅을 지키고 있는 전쟁과 바다의 신들이

자비를 베풀어 주기를
한 포기 풀에게 그러하듯

4.

은빛 유칼립투스나무와
물방울을 달고 있는 고사리 숲
우물 속으로 자맥질하듯
옛 갱도를 따라 뛰어내리면

아득하여라 두고 온 삶은
푸른 계곡 능선에
나풀거리는 보랏빛 들꽃 무리

이 비 그치면

이 비 그치면 산에 가자

꽃병에 물 갈 듯 마음을 비워

새벽빛에 파랗게 낯 씻는 산 이마

일렁이는 초록 물살을 밟고
안개 지난 자리마다 망울 맺는 꽃 아름

이 비 그치면
산에 가자

제목 없는 날

벚꽃 부서져 바람에 흩날리는 봄날
가슴 아프게 아름다운 꽃잎들 따라
당신의 꿈속으로 내가 가는 날

흐르는 물에 떨어지는 분홍 꽃 이파리
한 조각 건져 올리려 손을 뻗어 보다가
잊어버린 꿈의 조각을 건지는 날

보이는 것들과 보이지 않는 것
떠오르는 것들과 갈앉는 것들 사이에 서서
내 손바닥에 감춰져 있는 지난날의
빗소리를 듣고 타오르는 불빛을 다시 보는 날

감미로운 기억 속에 잠들고
잠의 가장자리에서 서성이는 그림자를 따라
어디로인지 한없이 가는 날

가다가 너무 멀리 가
잊어버린 이야기처럼

무엇인가가 떠오르지 않아
영영 떠오르지 않아
돌아서는 날

벌판을 울리는 느린 봄 꿩 소리
돌아와 홀로 다시 듣는 날

겹벚꽃

우람한 꽃다발 타오르는 횃불
가슴으로 달려들며

불 질렀구나 이 봄
축제를 벌였구나 즐거워

아직 남아 너울로 밀려드는
이 봄날

휘파람새

휘파람새 지저귐 미끄러져 가고,
나무 밑으로 다시 고이는
정적

소녀들의 치마폭에 떨어지는 별처럼
동백 꽃망울 내려 이우는 뜨락

나뭇가지 가지마다 걸리는 햇살
쓰다듬어 재우시는
어머님 손길인 양

강방영姜邦英 연보

강방영姜邦英 **연보**

1956년 10월 28일 출생, 제주도 남제주군 안덕면 창천리. 유
년기 대부분을 고향에서 보냈지만, 교원이시던 아버
지를 따라서 전라남도 광주시 계림동 등에서 생활,
사람을 궤짝 속에 가두던 연극, 돌담과 소나무가 높
이 서 있던 유적지, 계림동 집 밖에 길옆에 흐르는 물
냄새, 그 옆에 말라 죽은 개구리를 물에 던져 넣자 살
아 헤엄쳤던 일이 기억에 남음.

1963~1969년 창천국민학교 입학 4학년 수료, 대정국민학교
전학 5학년을 수료, 위미국민학교 전학 6학년 졸업.
내천이 많은 고향 창천에서는 익사한 학우도 있었으
며, 동네 앞내에서 빠진 경험이 남아있고, 아버지 근
무지였던 대평마을 바다에서도 익사할 뻔했다. 중문
해수욕장에서는 물에 빠져서 기절하였는데, 군인들에
게 구조됨. 모슬포 시절에는 정 많으신 담임선생님의
관심이 추억이며, 시장 근처에서 엄마 없이 마차로
짐을 나르는 아버지와 사는 친구, 시장바닥에 살다가
결핵으로 어머니가 돌아가시자 흩어진 자매 들을 알
게 됨.

1969~1972년 제주신성여자중학교 입학 1학년 수료, 중문중
학교 전학 졸업. 제주시에서는 자취하면서 신문을 돌
리는 씩씩한 친구가 연탄불에 보리밥을 짓고 삼치를
구워서 먹게 해줘서 오래 기억됨. 중문에서는 음악

선생님께 피아노를 배우고 걸스카우트 활동으로 천
제연과 해수욕장 흰 모래밭, 검은 돌로 이뤄진 베릿
내 바닷가 등 자연을 만끽함. 중학교와 같은 터전에
함께 있던 원예고등학교 온실과 국화는 화려의 극치
였음.

1972~1975년 제주 신성여자고등학교 입학 졸업. 힘에 부치
던 자취 시절. 고3 2학기에는 쓰러져 한 달을 요양함.

1975~1979년 제주대학 영어교육과 입학하여 졸업(학사). 암
담하던 시기, 먼 세계를 꿈꾸지만 현실은 여전히 답
답했던 날들.

1977년 8월 14일 제대문학상 시 당선. 한국외국어대학에서
특강 오셨던 이영걸 교수님이 그 시를 읽고 대학원
진학 권유.

1980~1982년 한국외국어대학교 대학원 영어과 석사과정 입
학, 영문학 석사. 학위 논문 : The Seasonal Cycle
in Robert Frost(1982 .2)

1982년 9월 『시문학』 9월호(추천 완료) 등단.

1984년 제주대학교 인문대학 영어영문학과 강사. 사람들의 비
열함을 절실히 느끼던 시절.

1985년 1월 10일 결혼. 얼떨결에 했던 결혼은 세상에서 가장
어려운 일이었음.

1985~1992년 한국외국어대학교 대학원 영어과 박사과정 영
문학전공 (박사). 학위 논문 Theodore Roethke : 시
와 자연 (1992. 2). 결혼을 하여 임신한 상태에서 비
행기로 통학하며 최루탄을 맞보고, 입덧과 출산, 육
아 등으로 과중한 임무에 허덕임.

1985년 11월 5일 아들 준영 탄생, 안 먹고 안 자고 자주 앓는 아기로 가슴 아프고 지쳤지만, 생명을 지켜냄.

1989년 3월~2019년 8월 당시 제주 간호보건전문대학 관광영어과 전임강사. 그동안 제주한라대학교로 명칭이 바뀐 학교에서 관광영어과 근무.

1992년 11월 24일 딸 은정 탄생.

2003년~현재 제주일보「시론」기고

2006~2010년 제주지방법원 재판 영어통역인 활동

2013년 제주문학상 수상

2019~2022년 제주PEN 회장

시집 9권 발간

제1시집『집으로 가는 길』, 시문학사, 1986.

제2시집『생명의 나무』, 아름다운세상, 1993.

제3시집『달빛 푸른 그곳』, 경원, 1995.

제4시집『좋은 시간』, 로드, 1997.

제5시집『은빛 목소리』, 로드 1999.(한국어, 영어, 일본어)

제6시집『인생학습』, 대학사, 2005년 9월

제7시집『내 하늘의 무지개』, 해드림출판사, 2016년 9월

제8시집『그 아침 숲에 지나갔던 그 무엇』, 시문학사, 2018년 12월

제9시집『노을의 연금술』, 시문학사, 2022년 10월

시선집 발간

『내 어둠의 바다』, 다층, 2013년 10월

공동시집 발간

『기억의 꽃다발(Flowers of Memory, Deep Blue
　　　Longing)』, 도서출판 황금알, 2022년 8월
　　　한국 시인 강방영, 베트남 시인 응우옌딘떰
　　　한국 베트남 수교 30주년 기념, 한국어 영어 베트남어
　　　3개국어 시집

저서

『불멸의 연인 사포』(Sapho, the Immortal Lover, 2003.07),
　　　대학사
『잃어버린 마음을 찾아서:시가 있는 산문』, 대학사, 2008.

영역서

국제PEN한국본부 제주지역위원회 회원 작품집 제주펜무크
　　　제1집, 9집, 10집, 11집, 12집, 13집 영역
『제주 섬의 바람』(The Winds of Jeju Island), 2004.
『제주, 우주를 헤엄쳐온 별빛』(Jeju Island, Starlight That
　　　Has Swum Across the Universe), 2012.
『섬, 그 경계를 넘어선 은유』(Islands, a Metaphor beyond
　　　the Boundaries), 2013.
『섬의 묵시록』(An Island Of Revelation), 2014
『제주, 별빛보다 아름다운 섬』(Jeju, An Island More
　　　Beautiful Than Starlight), 2015
『제주, 신의 사랑을 독차지한 섬』(Jeju An Island Possessing
　　　God's Love), 2016

논문

뢰트케, 디킨슨, 사포, 미대륙 원주민 시가에 대한 논문들이
　　　있음

「하얀 절망의 양식 : Emily Dickinson의 연시」

「Sappho의 시에 나타나는 사랑의 의미」

「Roethke 시에서 온실과 자연의 의미」

「북미연작시(North American Sequence)에 나타나는 뢰트
　　　케의 동경」

「아메리카 대륙 원주민의 전통적 언어관」

「아메리카 대륙 원주민 포니족의 의례 "하코"에 나타나는 새
　　　들과 둥지의 의미」

「아메리카 대륙 원주민 시가와 신화적 배경 이해」

140

황금알 시인선